JOSÉPHINE

3-CHANGE DE CAMP

Pénélope Bagieu

JOSÉPHINE

3-CHANGE DE CAMP

DELCOURT

pour mon velu à moi ♥

Joséphine a même pensé au goûter

YOUHOU ! Anne-Victoire !
Joséphine ?
Héhé, tu t'attendais à voir quelqu'un d'autre ?
Le mercredi, c'est moi qui viens te chercher...
Tu avais oublié ?...
Non, mais...
Maman elle dit que maintenant t'as un amoureux.
Ohh...
Et alors tu pensais que j'allais t'oublier, c'est ça, ma puce ?
Ben non mais du coup, ça t'intéresse plus, les pères célibataires à la sortie de l'école, si ?
Pénélope *

Joséphine a changé de camp

Mais je comprends pas ! Ça fait 3 semaines que tu me dis qu'on y va, à cette soirée "Rose fluo"...
'Ai du cravail.
Mais... Normalement ça nous empêche pas de sortir, ça ! Allez, quoi !
Je vais rentrer chez moi regarder Desperate Housewives.
Je ne te reconnais plus, Chloé.
Je me fais du souci pour toi, tu sais.
"DESPERATE HOUSEWIVES", HEIN ?!!
Oh... Joséphine, je...
SOUPIR
Mais... POURQUOI, Chloé ?
Pourquoi tu ne m'invites plus ?
Mais parce que tu es en couple !
Tu... tu vas devenir chiante en soirée !
Joséphine ! Tu as rejoint L'AXE DU MAL !!

Pénélope *

Bah CHOUCHOU ! Elle est pas venue, ta copine ?
Mais ouiiiii ! Celle qui est tout le temps bourrée à la fin des soirées...
Tu sais, là, la blonde avec des lunettes ! Un peu coincée mais rigolote !
Elle a un prénom un peu rétro, euh...
J'vois pas.
Mais siiiii... Tu sais !... euh... Comment c'est, déjà... Capucine ?... Nan... Églantine ?... Joséphine !
hihihi
Non, TOI, tu raccroches ! ... Non, TOI ! ...
Nan. J'ai pas de copine qui s'appelle comme ça, désolée.
hihi, t'es bêêêête !
Pénélope

Joséphine se cache

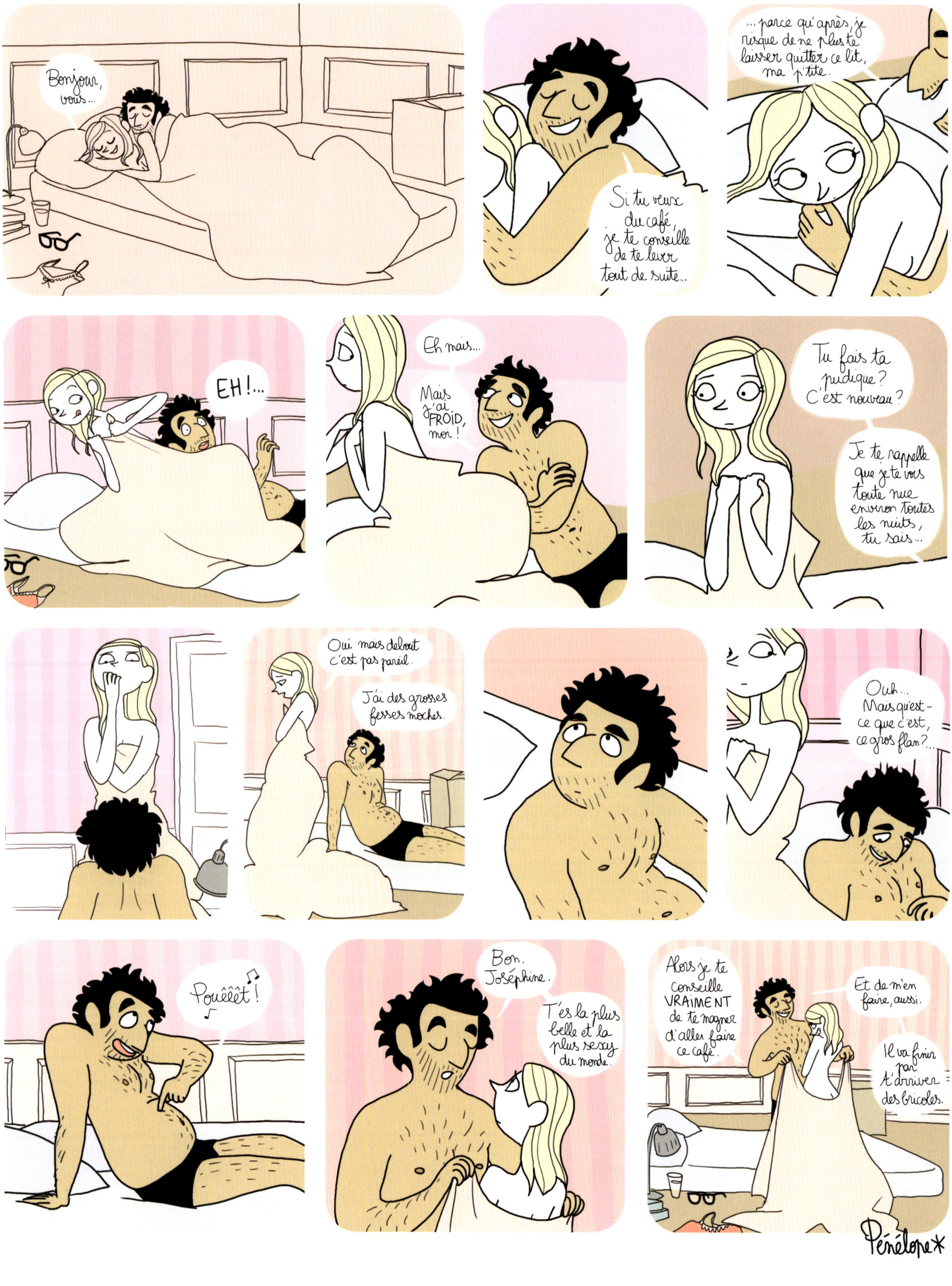

Bonjour, vous...
Si tu veux du café, je te conseille de te lever tout de suite...
... parce qu'après, je risque de ne plus te laisser quitter ce lit, ma p'tite.
EH!...
Eh mais...
Mais j'ai FROID, moi!
Tu fais ta pudique? C'est nouveau?
Je te rappelle que je te vois toute nue environ toutes les nuits, tu sais...
Oui mais debout c'est pas pareil.
J'ai des grosses fesses moches.
Ouh... Mais qu'est-ce que c'est, ce gros flan?...
Pouêêêt!
Bon. Joséphine.
T'es la plus belle et la plus sexy du monde.
Alors je te conseille VRAIMENT de te magner d'aller faire ce café.
Et de m'en faire, aussi.
Il va finir par t'arriver des bricoles.
Pénélope*

Joséphine a un superpouvoir

mojito
B52's
caipirinha
bloody mary
cosmopolitan
blue lagoon
Merci.
Excuse-moi, je viens vite te parler en cachette, pendant qu'il téléphone...
Il me tuerait s'il voyait que je suis venue te demander ça, mais...
euh... QUI?..
Ben... LUI, là! Mon ami qui te trouve trop sexy!
Euh... attends, tu veux dire que tu n'avais pas remarqué qu'il te DÉVORE des yeux depuis une heure?
euh... eh bien, je... non.
Bon. Bref. Pardon d'aller à l'essentiel mais: J'imagine que tu es pris?
euh... rien de très sérieux, non...
Tu rigoles?! CÉLIBATAIRE?! Génial. Bon. Est-ce que s'il ose te le proposer, tu accepterais qu'il t'offre un verre?
Oh ben... oui, avec plaisir, oui... Qu'il ose, hein, pas de problème!
OK. J'y retourne. Merci!
C'est bon tu peux arrêter de faire semblant.
alors?
Dans la poche. Presque trop facile.
trop forte.
La prochaine tournée de mojitos est pour toi.
C'est FOU, ce don surnaturel que tu as, comme ça, pour parler aux mecs!
Oui. À tous sauf aux hétéros. Quelle ironie, hein?

Pénélope*

Joséphine s'est fait une alliée de poids

Rha mais détends-toi !
C'est fou, ça, ils vont pas te manger !
Ils vont te trouver géniale, comme tout le monde !
Et puis au pire, s'ils t'aiment pas, je te quitterai, c'est pas grave !
Moi c'est Lisa, je suis la plus vieille copine de Simon !
On se connaît depuis 25 ans !
Alors j'imagine qu'en bonne amie d'enfance, je devrais te raconter plein de belles anecdotes qui le mettent en valeur pour lui faire de la pub...
Mais j'ai plutôt envie de te faire écouter le groupe de punk dans lequel il chantait à 18 ans.
Vendu.

Pénélope *

Joséphine n'est pas une ingrate

Tu pourrais essayer de t'intéresser un minimum aux brochures, au moins ?...
Déjà que tu n'as que 20 minutes à consacrer à ce rendez-vous !
Ehhh oui, Irène. On est lundi et il est 11h.
Nous n'avons pas toutes la chance d'être mères au foyer.
Oh oui, je sais, ton travail est TELLEMENT important. Et puis ce ne sont que nos parents, on ne leur doit QUE notre existence entière, après tout, tu as raison.
Mais nous sommes les NUMÉRO 1 du voyage ! Ils n'oublieront pas cet anniversaire de mariage, croyez-moi !
Alooors... Quelle genre de destination pourrait leur convenir, d'après vous ?...
Mais enfin ! Tu sais très bien que la VRAIE question, c'est "Qu'est-ce qui conviendrait à MAMAN", surtout !
...Et la réponse est "Rien, elle trouvera toujours à redire".
...Papa, du moment que Maman lui fout la paix, pour lui c'est déjà les vacances.
C'est vrai que Maman a... hi hi... son "petit caractère", comme on dit !
Ha ha ! Une famille de femmes de tête !
Et votre maman alors... elle serait plutôt évasion ? Détente ?
C'est dur à dire, je...
Ah pardon !...
Mais pour maman, j'ai quelques critères !
Qu'on ne l'envoie pas n'importe où !
Il faut que ce soit loin.
Trèèès TRÈS loin.
Tellement loin qu'elle ne puisse même plus me téléphoner, par exemple.
Et si ça fait trop cher, ne vous embarrassez pas, je vous en SUPPLIE.
Prenez-lui un aller simple, ce sera parfait.
Pénélope

Joséphine rentre quasiment dans un 34

Merci de m'aider ! Ça fait des semaines que je repousse et que ça traîne !
Oh, de rien, j'aime bien faire du tri !
Et puis ça me rappelle des souvenirs, ce placard !
Hé hé, maintenant que tu es dans ton appart géant !...
Euh... Simon...?
C'est quoi, ça ?
Han ! C'est à mon ex !
Je... Je suis gêné, je sais vraiment pas ce que ça fait là...
Écoute, si tu l'aimes bien, prends-le, sinon on jette.
Mais il est idiot ou aveugle ?
Non, tu aimes pas, hein ?
C'est pas trop ton style, c'est ça ?
Tu trouves ça vulgaire.
Donne.
Bon allez, Zou.
On jette.
Complètement aveugle. Parfait.
Pénélope

Joséphine est connaisseuse

Ah non attends, au temps pour moi, c'est effectivement une grille d'aération.

Pénélope *

Joséphine aime les commerçants de quartier

Et des fraises ! Cadeau, jolie gazelle !
hihi Merci !
Tiens, un abricot ! Tu as les beaux yeux de ta jolie maman !
Tu dis merci ?
Hé hé ! Allez, je rajoute des framboises, pour la plus belle !
Ohhh... merci !
9,75.
J'vous préviens, j'ai plus de monnaie.
PARDON d'être une intellectuelle, et de pas vivre dans une salle de gym !

Pénélope*

Joséphine entretient la flamme

Coucou p'tite blonde !
Tu m'entends ?... Ça marche chez toi ?
nouveau message vidéo
Simon
Simon: T'es là ?
Joséphine
OH!
J'avais COMPLETEMENT oublié qu'on devait se parler ce matin !
Enfin... Pour toi c'est le soir, mais moi, je me lève à peine !...
Du coup... pff... j'ai honte, je suis pas coiffée, même pas habillée... Tu me prends au dépourvu !
Ouh mais ça me va très bien, ça m'a l'air ravissant, tout ça...
Quoi... ÇA ? Oh mais c'est un vieux machin, cette nuisette...
La prochaine fois, je tâcherai de me souvenir de notre rendez-vous, et je serai plus présentable !
Alors, raconte-moi, comment ça se...
Mais on pourrait pas allumer au moins UNE lumière ?
Je sais que tu n'as pas encore internet chez toi, mais là, ON BOSSE DANS LE NOIR !
En plus tu vas attraper la crève, c'est ridicule !
Pénélope*

Joséphine connaît la fin de l'histoire.

Bon mais rien de sérieux, hein, on s'est vus quatre fois, seulement...
... C'est vraiment sympa chaque fois, mais je ne sais pas du tout où ça ira !
Pour te dire, on n'a même pas encore vraiment défini la nature officielle de notre "relation" !
En revanche, je crois qu'on a déjà "notre" chanson !
AH NON HEIN !!!
Combien de fois il faut te le rappeler ? Pas de "notre" chanson ! Jamais ! INTERDIT !
Mais je n'ai pas eu le choix !
... Il y avait cette chanson qui passait, le soir où on s'est rencontrés...
... Et, coïncidence incroyable, elle passait aussi à notre 1er VRAI rendez-vous !
TEU TEU TEU ! Tu veux que je te rappelle toutes les musiques que j'ai SACRIFIÉES bêtement, comme ça, à cause de mes ex ?!!
Je ne peux PLUS entendre Simon & Garfunkel
J'EXÈCRE Al Green !
Et je ne veux plus JAMAIS écouter l'album Abbey Road !
C'est bien simple, ça me fout des haut-le-cœur, maintenant !
Ne choisis pas "votre" chanson à la légère, tu le regretteras !
Je ne veux plus gâcher de musiques que j'aime. Du coup, avec Simon, j'ai été prudente dès le début.
Ensemble, on n'écoute que du yoddle tyrolien.

Pénélope*

Joséphine et l'épreuve du feu

Alors, Joséphine nous a dit que vous travailliez dans la musique ?
Vous êtes artiste !
En fait je suis ingénieur du son.
Ah.
Donne.
Ah oui.
Vous êtes un peu comme un assistant, c'est ça ?
Oh, après tout, pourquoi pas ! Vous devez avoir beaucoup de temps libre, comme ça, remarquez.
Pas tant que ça, non.
C'est vrai qu'on ne connaît pas trop ces... ce genre de métiers, nous... Hein, papa ?
Mais alors comment ça se passe ?
Il faut faire un genre D'ÉTUDES pour faire ça ?
Un peu, oui, c'est mieux.
Tu viens m'aider ?
Comment il a dit que c'était son nom de famille ?
Simon, c'est juif, non ?
Tu m'écoutes ?
Si tu tiens le coup jusqu'au café...
... je te fais la promesse solennelle que je ne dormirai jamais avec un gros pyjama en pilou.

Pénélope *

Joséphine sait ce qu'il lui faudrait

Et voilààà ! LE livre introuvable que voulait ton père, le foulard qui fera enfin plaisir à ta mère, les clubs de golf auxquels tu ne connais rien pour ta sœur et son mari, les jouets hors-de-prix pour lesquels tes neveux t'ont fait un caprice, le sac que ta meilleure amie ne trouve nulle part en "prune glacée", et LE parfum que Simon acceptera de porter. Tous les tickets d'échange sont dedans.
Oh, et ça c'est le petit bracelet, de la jolie boutique, c'est pour toi.
CATALOGUE NOËL
Catalogue

Pénélope *

Joséphine se débrouille comme une grande

Ça me fait TELLEMENT plaisir, de faire Noël avec vous, cette année les copains !
Oh, nous aussi, ma biche !
Il faut en finir avec ces traditions complètement figées !
Pourquoi faudrait-il ABSOLUMENT voir sa famille à Noël ?
Moi, c'est VOUS, ma famille !
Concrètement, qu'est-ce que ça change, de ne pas aller chez les parents ?
Est-ce qu'on a VRAIMENT besoin de voir sa famille s'engueuler à la fin du dîner ?
Est-ce qu'on a VRAIMENT besoin de cadeaux complètement impersonnels ?
Est-ce qu'on a VRAIMENT besoin de bouffer correctement ?
Pénélope *

Joséphine n'aime toujours pas l'imprévu

CINQ
QUATRE
TROIS
DEUX
UN
BONNE ANNÉÉÉE !!!
Bonne annéééée !
Bonne année !
Bonne annéééée !!!
Et si ta bonne résolution pour cette année, c'était "Jurer à Joséphine que je ne la quitterai jamais" ?
ou "demander à Joséphine de vivre avec moi" ?
Et si la tienne, c'était "Arrêter d'être complètement flippée" ?
...ou bien "Laisser les choses se faire et essayer de profiter" ?...
non ?
Beh je pensais plutôt à "Retourner à la gym suédoise".
Pénélope *

Joséphine démarre l'année sur de bonnes bases

MWOAAOW...
Oui. Je sais, Bradpitt. Cet appart est parfaitement répugnant.
Moi aussi je craque.
Je me suis laissé déborder ces dernières semaines, et là, j'avoue, ce n'est plus possible.
Et je vais AGIR !
Pas un jour de plus dans cette crasse et ce chaos. C'est ma bonne résolution pour cette nouvelle année.
Je prends mes responsabilités, tu m'entends ?
DING DONG
Bouge pas, je reviens.
Bonjour Madame ! Je suis un peu en avance...
Ah non mais très bien, je vous en prie !
Alors je vous ai regroupé tous les produits d'entretien, je pense que vous pouvez commencer par la salle de bains.

Pénélope *

Joséphine est résolument moderne

Et du coup, il va partir souvent, comme ça, au bout du monde?
Ben tu sais, c'est son métier, je le savais depuis le début.
Et ça va? T'es pas trop angoissée?
Tu vas pas te transformer en hystéro-parano-psychopathe, comme d'habitude?
mmm NON!
Pas cette fois-ci!
Pas avec celui-là!
C'est fini, ça, cette Joséphine.
Je ne saboterai PAS cette relation avec mes névroses.
ouaouh.
Je lui ai énoncé un certain nombre de règles précises sur lesquelles nous bâtirons une relation saine et confiante, et puis voilà!
Bon. Coucher, c'est tromper.
Ça, d'accord.
Embrasser, aussi, c'est tromper.
Admettons.
Escorter une fille à sa chambre d'hôtel: tromper. Dîner au resto dans un cadre non professionnel: tromper, évidemment.
Faire OU RECEVOIR un massage, ça va sans dire, partager un sandwich...
...et puis bien sûr: prêter sa veste à une fille quand il fait froid. Mais ça, ça tombe sous le sens.
Mais dis-moi, vous êtes QUASIMENT un couple libre, en somme!
J'ai fait des progrès, hein?
Pénélope

Joséphine est un vrai petit chamois

Non mais attends.
Entendons-nous bien, Rose :
Mon esprit trépigne d'impatience
à l'idée de descendre cette piste.
C'est uniquement mon
CORPS qui te propose de faire
demi-tour et d'aller se boire
un chocolat viennois.

Pénélope*

Joséphine est une jeune vieille fille

OÙ EST-CE QUE TU RANGES TON THÉ?!
EN FACE DE TOI, SUR LA GAUCHE!
TU NE VEUX PAS BAISSER UN PEU TA MUSIQUE, LÀ?!
NON!
J'AI BESOIN D'ÉCOUTER DE L'ÉLECTRO À FOND LE MATIN POUR ME RÉVEILLER!
Bon. Et donc. Comme je te disais, j'aimerais bien qu'il passe la vitesse supérieure maintenant.
Écoute, tu dois lui laisser le temps d...
EH! OH! ÇA VA PAS, LA TÊTE?!
Pose pas ta tasse sur ma table basse de designer! Tu veux me la tacher ou quoi?!
Rhâ c'est pas vrai, ça!
J'ai pas les moyens de me payer une femme de ménage, MOI, Irène!
Qu'est-ce que j'disais?...
ah oui.
Je trouve juste qu'il est temps que notre relation avance, tu vois?
Je veux dire, on n'a plus quinze... attends mais...
¡RÈNE!
Que fait ce SACHET DE THÉ dans ma poubelle à PAPIER?!
ON TRIE ici, EXCUSE-MOI!
Oh, Joséphine, écoute...
Il fait tellement froid, dehors...
On ne peut pas laisser rentrer mon Kiki? Cinq minutes?
Pour qu'il attaque Bradpitt?!
Un chien chez moi? JAMAIS, tu m'entends!
Et alors, qu'est-ce que tu attends de ton Simon? Tu voudrais vivre avec lui, c'est ça?
Oui. Je sens que ça y est, je suis prête pour la vie à deux.
Ça saute aux yeux.

Pénélope*

Joséphine est presque de la famille

Ben alors ! Il est où, ton mec parfait ? Tu nous l'amènes quand ?
Ouh là ! Du calme ! Il est farouche !
Vous voulez voir une photo, en attendant ?
Mmm... TRÈS TRÈS correct !
Tu dis rien, toi ? C'est pas ton genre ?
eh ben je...
QUOI ?
Je crois que... je le connais. Il a fait un stage chez nous il y a 2 ans...
Attends voir...
Tu le connais, ou tu le "CONNAIS" ?...
BAAAH !!! C'est dégueulasse !!!
On dirait un mauvais épisode de Dallas !
Mais c'était après la soirée de Noël des employés, on avait bu, je m'en souviens à peine, d'ailleurs !...
Tu te rends compte que, de fil en aiguille, finalement, c'est comme si vous...
AAAH J'ÉCOUTE PAS !
OH N'EN RAJOUTE PAS, CYRIL !! COMMENT TU CROIS QUE JE ME SENS, LÀ, HEIN ?!
SALE ! J'ESPÈRE QUE TU TE SENS SALE, JO !!!
lalalalalaaa

Pénélope *

Joséphine n'a pas besoin qu'on lui tienne la main

OUI, Simon, ça me gêne, oui, ce genre de gros stéréotypes pourris!
Tu le sais, pourtant, que je ne suis pas féministe pour un sou!
Mais LÀ, ces lieux communs, je dois t'avouer que tu me déçois un peu...
Je te ferai remarquer que je vis seule, que tu es à l'étranger la moitié du temps...
On ne peut pas VRAIMENT dire que je ne m'en sorte pas sans un homme, je trouve!
Et tant qu'on y est : Tu seras soulagé d'apprendre qu'en ton absence, je ne suis pas au fond du gouffre!
Loin de là!
Oh, je suis BIEN TROP OCCUPÉE à repriser tes chaussettes, faire du point de croix et des compositions florales, voyons!
Non mais BIEN SÛR, que je rigole !!
Tsss...
Quand je pense que des GÉNÉRATIONS de femmes se sont littéralement BATTUES pour obte...
AAAAHH!!!!...
SIMON!!! AU SECOURS!! OH MON DIEU!!!
Pénélope

Non mais ça va pas de hurler comme ça pour une souris ?!
J'ai cru que tu t'étais ébouillantée ou un truc du genre, moi !
NON, ce n'est pas "PIRE", une souris.
Non.
Non, je t'assure.
Ouiiiii, tu as sans doute raison.
C'est SÛREMENT parce que je suis un "enfant de la cambrousse" que je dis ça.
Tu sais, il faut dire aussi que quand j'étais petit, chez nous les ploucs, les souris, on les mangeait, alors bon.
Oh arrête, elle a dû se barrer depuis belle lurette, quand elle t'a entendue faire tes ultra-sons, la pauvre.
Non, je ne vais PAS rentrer de Berlin à minuit pour venir la tuer, Joséphine.
Allez, calme-toi. Je te jure qu'elle a 1000 fois plus peur que toi.
Non, elle ne te regarde pas fixement avec un petit air mauvais.
Va dormir chez Rose ?... Ou chez Cyril ?... Non ?... Sûre de sûre ?...
Ça va aller ? Tu vas réussir à t'endormir ?...
BIEN SÛR que je vais réussir à dormir, qu'est-ce que tu crois ?!
Pénélope *

Joséphine vit une bien belle histoire

Ah ! Mais au fait !
Je vous ai pas montré !...
♪Ta-daaa♪
Han !!
Fooooormidable, ma chérie. Et sinon, comment ça se passe, au niveau de mon brushing, il va se faire tout seul, ou...?
Rhôô !... Bon ben ça va, soyez pas jalouse !
Ah mais je ne suis TELLEMENT PAS jalouse, ma pauvre, si vous saviez ! Déjà, 1 mariage sur 3 finit en divorce...
Et en plus de ça, merci de vous inquiéter, mais je n'ai pas besoin de ça pour me rassurer !
Allez, Joséphine, sois pas triste ! Ça viendra, forcément ! En plus, je suis sûre qu'en fait, il te donne déjà plein de preuves du fait que tu fais partie de sa vie, et juste tu ne t'en es pas rendu compte !
Par exemple, le fait qu'il me laisse avoir une boîte de tampons dans ses toilettes, ça compte ?

Pénélope*

Joséphine a eu un goûter d'anniversaire parfait

Ohhh....
Vous avez même pensé à rester pudiques sur le nombre de bougies... Vous êtes VRAIMENT les meilleurs.
Pénélope *

Joséphine déchaîne les passions

Ha ha ha, je me souviens !
Cette scène, je peux la revoir 1000 fois, je suis toujours mort de rire !
Pareil ! Mais alors du coup, il faut absolument que tu voies la 2e saison !
Simon, et si on aidait un peu Maxime à débarrasser ?
Je suis sûr que tu vas adorer ! Attends, en plus je crois que je dois l'avoir là sur mon disque externe !
Je reviens et j'te trouve ça.
Ah, génial, merci !
Mais reste assise, Jo, on va le faire !..
Bon. Écoute.
Je vois bien que la situation vous met mal à l'aise tous les deux, et que l'ambiance est TRÈS tendue.
hein ?
Mais c'est du PASSÉ, Simon ! Tu dois arrêter de t'en prendre à lui comme ça ! Non mais vous avez QUEL ÂGE ?!
d... de ?...
Mais de moi et Maxime ! De cette aventure qu'on a eue ! C'était il y a des années, je te jure que j...
Aaaah !... ÇAAAA !
Rhââ c'est vrai qu'c'est DINGUE, hein, cette histoire ! Nan mais tu te rends compte, hé hé, c'est trop drôle !
hé hé Sacré Max, eh...
Puisque je te DIS que c'est de l'histoire ancienne ! J'ai tourné la page, arrêtez de vous comporter comme deux coqs !
hmm.
Aaaah. Donc en fait, là, je suis censé faire mon gros débile possessif, et aller lui casser la gueule, c'est ça ?
Haaan ce serait TELLEMENT sexy !
Pénélope *

Joséphine s'intègre

Et donc, je suis la tante de la cousine de Simon!
Enfin... par alliance!
Enchantée, je suis Anne!
Et moi Patricia!
À la tienne Joséphine! Moi c'est David!
Et moi je suis Yvette, l'ex-femme de David!
Moi je suis Caroline, la nièce de Mickaël!
Et moi la sœur du parrain de Simon!
Enchantée! Elisa!
Vous connaissez Richard, mon mari?
Alors moi, c'est facile, je suis Brigitte!
Simon vous a forcément parlé de sa tatie Yvette?! Hein mon grand?!
C'est vrai que c'est dommage que toute la famille de Jacqueline soit dans le Sud, ils vous ont ratée!
Et ça, c'est notre petite quatrième: Yaël.
Et vous, pardon, rappelez-moi, vous êtes...?
Bourrée.

Pénélope *

Joséphine ne peut pas TOUT savoir non plus.

Ouh, ça m'a ENCORE l'air trop bon, tout ça, comme d'habitude !
Quel merveilleux coup du destin, hein, quand même, d'avoir mis sur ta route un homme qui sait à peu près faire à manger !
Eh ben ? Sinon on irait au resto, et puis voilà !
Ah MERCI ! Maintenant je me sens COUPABLE, tiens !
Oh mais tu peux M'AIDER aussi, tu sais ?
OUAIS !!!
Ça me dit bien, ça ! Ça peut être rigolo !
Allez, pousse-toi, je vais t'inventer une sauce !!
Ou alors tu pourrais m'aider à faire les courses, sinon !
Han, géniaaal !!!
Tiens, va me peser ça.
SUPER !!!
TOMATE CAROTTE CHOU POIREAU LAITUE
CÉLERI CITRON POMME DE TERRE HARICOT FÈVE
OIGNON JAUNE OIGNON ROUGE AUBERGINE BETTERAVE COURGETTE
CIBOULETTE BASILIC PERSIL AIL ÉCHALOTE
POIVRON ROUGE POIVRON JAUNE POIVRON VERT NAVET CITROUILLE
BROCOLI RADIS POTIRON
"céleri".
J'le savais.
Pénélope *

Joséphine sait toujours comment épater ses amis

RAAH!! Elle M'AGACE!!
J'ai TELLEMENT envie de lui faire manger la nappe!!
Merci, hein, au fait, d'être venue me soutenir!
Bon, on y retourne? ... Courage!
mmm nan.
Qu'est-ce qu'il y a? T'es coincée?... OH euh, non, attends... Je ne suis pas sûre de vouloir de détails, si tu...
NAN.
Bon c'est quoi, ton délire, là? T'as filé ton collant, c'est ça?...
Un peu pire que filer mon collant.

Pénélope *

Joséphine émet des réserves

(SOUPIR) Joséphiiine... Tu sais, je crois qu'au 4e test, on peut commencer à considérer qu'a priori, c'est VRAI.
Mais... QU'EST-CE QUE TU FAIS PLANTÉE LÀ ?!! Dépêche-toi de retourner me faire du thé, il faut que je refasse pipi !!!
Pénélope *

Joséphine envisage toutes les pistes

EN MUSIQUE
EN MIMES
EN MINI-MISANT
Oh, un détail, hein! J'ai même hésité à t'en parler, c'est dire!
EN DRAMATISANT
J... J'ai une TERRIBLE NOUVELLE à t'annoncer.
EN DÉDRAMATISANT
Ah mais AU FAAiiiT!... Je t'ai pas raconté! Hé hé hé
AVEC DES RENFORTS
AVEC DU RECUL
Ça va te faire un choc, mais moins que si je t'annonçais que j'ai, mettons, un cancer généralisé, par exemple.
AVEC DE L'HUMOUR
quelle maaaiiin?...
SANS HUMOUR
J'ESPÈRE QUE TU SAIS CHANGER UNE COUCHE, VOILÀ!
Allô? ... C'est moi. ... Moyen, on va dire... Passe chez moi ce soir, il faut qu'on parle.
Ça va, mon gros?
Je crois que je vais me faire larguer.
Pénélope

Bradpitt a une vie trépidante

Pénélope *

Joséphine gère parfaitement ses émotions

RHÂ, DIS QUELQUE CHOSE OU JE VAIS MOURIR!
eh ben je...
je...
c'est...
c'est pas possible, c'est...
C'est pas POSSIBLE!
C'est...
C'est PAS possible.
C'est p...
RHÂ MAIS FERME-LA OU J'TE TUE!!!
Pénélope

Joséphine se projette sans peine

Tu veux de la glace, ou je la range ?
Non, j'ai trop envie de vomir, laisse tomber.
À ce propos...
Désolée de remettre ça sur le tapis, mais... ça fait 3 semaines, vous avez pris une décision, un peu, ou... ?
nan.
Et donc... Tu... Tu penses que ça va passer tout seul, genre comme un rhume ?...
Je pense surtout que j'ai pas envie d'y penser, ok ?
Tu prends ça comme une punition ! Au final... c'est plutôt... chouette ? Non ?
Oh mais OUI ! Il tomberait à pic, ce mioche, c'est sûr !
Quand il sera grand, vous lui raconterez tout ça, ce sera chou !
ET TELLEMENT ROMANTIQUE ! J'imagine bien !...
... Et papa et maman s'aimaient très très fort ! Et un soir, ils avaient beaucoup bu...
... Et ils se sont aimés très très fort, debout contre une porte dans un bar !
Moui, bon. Vous vous en tiendrez à la cigogne, dans un premier temps, peut-être.
Wala, oui.
Pénélope

Joséphine procède avec méthode

Simon !... SIMON !... Réveille-toi !
J'ai trouvé ! On va faire une liste de "pour" et de "contre" !
Je sais que tu adores les listes, mais tu crois pas que...
Écoute, avec des listes, j'ai déjà résolu DES TAS de problèmes similaires, non ?
BWAAAA...
... Comme ?
Pas plus tard que le mois dernier, je te rappelle que j'ai réussi à faire une valise pour nous deux, pour UNE SEMAINE, dans un sac TRÈS TRÈS PETIT !
DONC !
Bon. Commençons par les évidences.
Déjà, facile : CONTRE :
Je suis BEAUCOUP trop jeune pour être maman !
Tu peux remballer ta petite remarque mesquine.
+
-
-TROP JEUNE
-IMMATURES
Ensuite : Toi et moi, on n'est rien que deux gros gamins attardés.
Eh ben alors, POUR !
Ça nous fera un troisième gamin pour faire des bêtises avec nous, héhé !
hmm... Argument COMPLÈTEMENT crétin ET terrifiant à la fois...
... qui à lui seul me permet de remplir cinq colonnes de « contre » d'un coup.
Pénélope *

Joséphine prend des forces pour la route

Comme d'hab ? Deux mojitos bien tassés ?
À TON AVIS ! ...
euh... Un petit coca light, pour moi, merci.
...Un "P'TIT COCA LIGHT POUR MOI, MERCI" ?!
Oh merde. T'es enceinte.
Ben ouais.
Oh, ma pauvre, je...
...Je suis... Oh, j'suis désolée, ma pauvre... Quelle horreur ! ...Ma PAUVRE !
Bah.
Ça finit par passer, en général.
Si je peux faire QUOI QUE CE SOIT, surtout !...
Oui. Laisse-moi juste une mini gorgée à la fin, que je me fasse un bain de bouche.

Pénélope ✶

Joséphine est tout de même un peu sceptique

9 MOIS:
UNE MERVEILLEUSE AVENTURE

Pénélope *

Joséphine cache sa joie

Et voilà ! Vous pouvez vous rhabiller, c'est bon.
Bon, tout est normal, c'est bien !
Voici quelques prises de sang à faire dans le mois.
Merci.
Vous devez encore être sous le coup de l'émotion ! Et tellement heureuse !
Beeeen...
Pour être tout à fait honnête, là, je me sens surtout complètement abasourdie... et puis morte de trouille.
Je SAIS, hein, que je devrais être folle de joie, tout le monde me le dit... Mais je ne réalise pas trop, en fait, pour l'instant...
Il y a... TELLEMENT d'incertitudes !
Écoutez, Madame... il n'y AUCUNE honte à avoir si vous n'êtes pas sûre de l'identité du papa...
Oui, enfin pas TANT d'incertitudes, non plus.
Pénélope *

Joséphine se projette sans peine #2

Eh ben tu fais HONTE à Maman!
Pénélope

Joséphine n'a pas encore les réflexes

L'objectif est donc le maintien d'un cash-flow organique d'environ 5 millions d'euros, et ce, bien entendu...
... avant une éventuelle acquisition de nouvelles fréquences...
... et hors prise en compte de la taxe pro.
Le groupe doit donc maintenir sa performance en terme de CA et de rentabilité...
... le tout dans un contexte économique et réglementaire très difficile.
Tu crois qu'il m'a grillée ?
J'ai encore été malade comme un chien JUSTE au moment de partir de chez moi, j'en PEUX PLUS !
Bon, résume-moi, en gros, j'ai raté quoi ?...
GILLES ?..
Pénélope *

Joséphine joue cartes sur table

Et puisqu'on va fonder une famille ensemble:
J'AI DES LIVRES D'ASTROLOGIE, VOILÀ!

Pénélope *

Joséphine passe trop de temps sur internet

Tiens, mes résultats d'analyses du labo !
Cyto-quoi ?
C'est quoi, ça ?...
" toxopl..."
C'est grave, ça ?...
Et je vous pas ma gynéco avant au moins 3 semaines...
Ouiii, Jo, c'est moiii... Bon, tu dois plus avoir de batterie... Juste pour te dire que je passais en bas de chez toi, je vais monter te claquer une bise !...
Tu viens de dehors, là ?... Enlève tes chaussures et va te laver les mains !
Tu as manipulé de la viande crue, aujourd'hui ?
Tu as déjà eu la rubéole ?
Pénélope *

Joséphine a bien potassé ses livres de psychanalyse de l'enfance

Voilà. LOCATIONS.
Regarde dans l'ancien, plutôt.
Ah... Moi j'aime mieux le neuf...
Essaie de trouver avec une cuisine américaine.
Euh... Une cuisine fermée, c'est quand même mieux, non, pour les odeurs?
Cabine de douche?
Grande baignoire!
Bon, en tout cas, on est d'accord, trois pièces?
eh ben oui...
...un salon, une chambre pour nous et une chambre pour le bébé.
Mais non! Salon, chambre pour nous, et DRESSING!
Un berceau, ça se planque très bien derrière un paravent, attends! Une "chambre", pff... C'que tu peux être TRADI!...
Un paravent dans un coin? C'est un bon départ dans la vie pour notre gamin, ça?
Oui, eh ben je te ferai remarquer que ça le handicapera certainement moins qu'une mère aigrie et mal habillée.
Pénélope*

Joséphine partage l'heureuse nouvelle

Quelle JOIE d'avoir toute la famille avec moi !
Mais vous êtes aussi le bienvenu, Simon, bien sûr !
J'crois que ta mère est dingue de moi.
Quand tu auras fini d'être aimable, maman, assieds-toi...
On a... On a quelque chose à vous dire.
OH ! Nous aussi !
Bon. Je commence, alors !
Ah. Bah d'accord, alors.
Voilà.
Vous allez à nouveau être grands-parents !!
!!!
!!!
HEIN ?
ENCORE ?!
DE QUOI MAMAN DE QUOI ?!!!
C'est Joséphine qui va avoir un bébé, c'est ça ?!
HA HA HA ! HA HA !
Hein dis c'est ça ?
Et comment elle aurait un bébé sans avoir un mari, mmm, ma puce ?

Pénélope *

Et c'est pour quand?...
Dans un peu plus de six mois.
Comment tu as pu nous faire ça?... COMMENT?!
Tu veux dire... ... en détail?
N'en rajoute pas, je t'en prie!
Tous nos amis vont le savoir.
mais SIMOOOOON ARRÊÊÊTEUH!
hihihi
J'imagine que si je te dis que ton Simon ne m'inspire pas du tout confiance, ça ne te dissuadera pas?
mmm non.
Ça aurait plutôt tendance à me rassurer et me donner envie de lui demander de m'en faire 3 autres dans la foulée.
Pénélope *

Joséphine ne veut pas basculer du côté obscur

Heeeey!...
Alooors, ce p'tit dîner "Je m'acclimate avec mes nouvelles copines les mamans"?...
Tu veux dire mon apéro "Crèche & Épisio"?...
J'ai décidé de vous garder comme amis, en souvenir de l'époque où ma vie était intéressante.
Rhô, arrête ton char, ta vie sympa n'est pas derrière toi, non plus.
Pfff... J'suis sûre que vous m'appellerez PLUS JAMAIS.
Je vais finir ma vie avec les copines chiantes de ma sœur.
T'as fini, oui? RIEN ne va changer!
On t'appellera toujours pour les apéros!...Bon, juste, pas ceux décidés à la dernière minute... parce qu'il te faudra une baby sitter...
Mmm oui, et puis plutôt des apéros sans alcool, tu vas pas picoler, si tu allaites...
Bon, et puis on finira pas trop tard, pour que tu rentres libérer ta nounou.
Oui, ou alors, tu l'amèneras avec toi, ton bébé!
MAIS BIEN SÛR!
On pourra très bien se voir dans un endroit silencieux!
Oui! Silencieux... mais euh... rigolo!...
TIENS! Une BIBLIOTHÈQUE, par exemple!
VOILÀ!

Pénélope *

Joséphine ne vit pas les choses à moitié

ATCHAAA!!!
pardon! ...
Tiens, il ne m'a pas dit "À tes souhaits".
Au début, il me disait toujours "À tes souhaits"...
En fait, maintenant que c'est dans la poche, il n'a plus à faire d'efforts...
Forcément! Il sait que je ne peux plus le quitter, avec le gosse en route! Je suis coincée, en fait! Il... Il m'a bien eue!
Oh mon Dieu.
J'ai fait un enfant avec une ordure qui ne me respecte même plus...
J'ai... J'ai GÂCHÉ MA VIE!!...
Ça s'arrange pas, toi, hein, tes hormones?...
Pas tellement, non.
Pénélope *

Joséphine a aussi quelques moyens de pression

Qu'est-ce que j'apprends par des bruits de couloir ? ... Vous êtes enceinte, Joséphine ?
Alors c'est ça ? Vous allez nous faire un coup pareil ? Vous allez vous mettre en congé mat au pire moment pour nous ? Et après ça, partir tous les jours avant 19 h ?...
Vous savez...
... Avec la crise PLUS la pile de CV sur mon bureau, je n'ai qu'à me PENCHER pour vous remplacer. Et par quelqu'un de moins cher.
C'est vrai. Et avec mes nausées matinales plus l'odeur insupportable de votre after-shave cheap, je n'ai qu'à me pencher pour vomir sur votre horrible cravate.
Pénélope*

Joséphine et son binôme de winners

Vous avez pris quoi, là... 7 kilos ?...
8 !! C'est bien, hein ?
Ben... C'est beaucoup, en fait.
Aaah... Mais ça c'est ma Joséphine ! Il faut toujours qu'elle essaie de faire + que les autres !
Hé hé, oui, j'avoue... Je suis perfectionniste !
Alooors ... où es tuu...
Ah ! Te voilà !
Quoi... Derrière la tache de gras, là ?
Oui, hein, Docteur ! Vous pourriez QUAND MÊME passer un coup de chiffon sur votre écran, de temps en temps...
Non mais c'est votre bébé, ça.
Vous ne voyez pas ? Son cœur, là, qui bat ?
Qu... Il... IL A DÉJÀ UN CŒUR ?!!
...
YIIII-HA !!!
WOUHOU !!!
T'ENTENDS ÇA ?!! UN P'TIT SURDOUÉ !!!
OUAIS !! ÇA C'EST MON BONHOMME !!!
Pénélope *

Joséphine a laissé une empreinte indélébile

Saaalut les filles !
Bonjour Joséphine !
Bonjour Joséphine !
Ouh ! C'est quoi, ça ?!...
Eh ben... C'est pour votre départ en congé, on a fait comme pour Élise...
On a demandé à tous les gens de l'étage de dire quelque chose de sympa sur vous !...
...
"Je peux pas dire, je la connais pas beaucoup."
"Qui ?"
"Désolé, je ne connais pas encore tout le monde, je ne suis là que depuis un an."
CHAT ALORS !
"Si on parle bien de la fille qui passe les badges au self : très sympa !"
"ponctuelle"
Mais je suis MÊME PAS ponctuelle !...
Tu vois ! Je t'avais dit que c'était pas terrible, ponctuelle !
Oui ben EXCUSE-MOI mais c'était quand même déjà mieux que "très bonne mémoire" !
Pénélope *

Joséphine démantèle les mythes

Eh ben mon p'tit Cyril, je sais pas qui est l'inventeur du cliché de la femme enceinte qui porte des SALOPETTES, mais CROIS-MOI, lui il allait pas faire pipi 16 fois par jour.
Pénélope*

Joséphine avance lentement mais sûrement

Tu sais...
Plus je regarde ce truc... plus je me rends compte...
... j'sais pas...
Les bouquins sur la grossesse, les sites pour les futures mamans, je trouve toujours tout ça très cucul...
... et j'espère ne jamais devenir comme tous ces parents gnan-gnan qu'on rencontre...
Mais je commence à me dire que ce n'est peut-être pas une malédiction non plus.
Ça va changer plein de choses dans nos vies, c'est sûr, mais je me dis que ça pourrait marcher, en fait.
Je veux dire... ce p'tit machin, là... Il a des yeux, des doigts... une vésicule biliaire!
C'est... C'est une mini PERSONNE.
Tout ça rien qu'en regardant une écho à l'envers?
Vas-y. Piétine mon instinct maternel naissant.
Pénélope *

Joséphine a payé d'avance ses 8 séances de sage-femme

Et maintenant vous allez expireeer...
...
VITE! URGENT! URGENT
24 25
SUPER URGENT
... tout doucemeeeent...
Vous ne faites plus qu'une avec le sooool...
Bvvvv... Bvvv...
Chaque muscle est totalement détendu et vouuus...
Bvv.. Bip!
... vouuus ...
OK. Donc DÉJÀ, je raque 50 euros pour DORMIR en écoutant de la musique de resto chinois alors que j'ai une tonne de boulot en retard...
... mais EN PLUS, et je reconnaîtrais ce bruit entre MILLE, vous êtes sur le CHAT FACEBOOK!

Pénélope*

Joséphine régale ses amies

C'est vraiment une super idée, ce goûter où chacune apporte sa petite spécialité !
Oui, hein ? Je t'avoue qu'à un moment, j'ai eu peur que tout le monde ne joue pas le jeu, hi hi hi !
Cookies

Pénélope *

Joséphine perd en souplesse

Mais... j'ai pas besoin qu'on vienne m'organiser ma maison ! C'est PAS VRAI, ça !
JO CHAUSSURES
C'est pour T'AIDER, tu sais ! Elle viendrait s'installer quelques jours, une semaine, et...
Je comprends pas bien en quoi c'est censé M'AIDER que ta mère vienne m'expliquer comment je dois ranger mes placards !
Elle a proposé ça pour être GENTILLE ! Elle a dû se dire que, dans ton état...
...DANS MON ÉTAT ?!
Et c'est quoi mon ÉTAT ?! Je suis malade ? Je suis une gosse de 8 ans ?
Je suis pas handicapée, bon sang, je suis ENCEINTE ! On n'en meurt pas !
Je voudrais garder un minimum de dignité !
Tu comprends, ce mot, Simon ? De la DIGNITÉ !
VLAN !
Viens m'aider à mettre ma culotte.

Pénélope*

Joséphine établit la communication

PAN!
PAN!
PAN!
PAN!
Je sais que c'aurait été super romantique, que je gagne une énorme peluche, comme dans les films...
...mais j...
Joséphine?
BINGO !!!
Miam miam
Alors? 'A va, pas cro chucré?
CRONCH CRONCH
Mais à qui tu p...
Tu vois, p'tit machin, ça, ça s'appelle de la barbapapa. C'est plein de bons trucs pour ta croissance, genre fer, vitamines et compagnie. T'aimes?...

FIN

Du même auteur, chez le même éditeur :

JOSÉPHINE
Pénélope Bagieu

Pénélope Bagieu
JOSÉPHINE

Pénélope Bagieu
JOSÉPHINE

Pénélope Bagieu
ma vie est tout à fait fascinante

LA
PAGE
BLANCHE

Aux Éditions Gallimard :

- Cadavre exquis

Dépôt légal : Novembre 2012 I.S.B.N : 978-2-7560-3872-8
Première édition
Conception graphique : Trait pour trait
Achevé d'imprimer en Octobre 2012
sur les presses de l'imprimerie Lesaffre, à Tournai, Belgique
www.editions-delcourt.fr